GREGORIO COLISTRA

1979: nasce la Pro Loco di Maida

Supporto tecnico
Pubblishop, Via P. Togliatti, Maida

Impaginazione
Sara Serratore

Copertina, controllo qualità, coordinamento
organizzativo e tecnico
Gregorio Colistra

ISBN-13: 978- 8894339154

ATTO COSTITUTIVO
DELLA PRO LOCO DI MAIDA

N. 2518 di repertorio N. 1240 della raccolta

ATTO COSTITUTIVO DELLA ASSOCIAZIONE "PRO LOCO

IDEAL", con sede in MAIDA .

———————— Repubblica Italiana ————————

Il dieci gennaio millenovecentosettantanove, in Fa-

lerna scalo, alla Via Mare, nella mia abitazione,

———————— il 10 gennaio 1979 ————————

Innanzi a me, dottor Mario BILANGIONE, Notaio in No-

cera Terinese, iscritto nel Ruolo dei Distretti No-

tarili Riuniti di Catanzaro, Crotone, Lamezia Terme

e Vibo Valentia,

———————— sono presenti i signori: ————————

1)-Natale AMANTEA, nato a Maida (Catanzaro) il 2 gen-

naio 1934 ed ivi residente alla Via O?de Fiore, im-

piegato;

-Silvana CINQUE, nata a Maida il 16 settembre 1954,

ivi residente alla Via T.Fabiani, insegnante;

-Gregorio CINQUE, nato a Maida il 18 giugno 1916 ed

ivi residente ?

-Costantina CIRIACO, nata a Maida il 20 ottobre 1944

ivi residente alla Via Garibaldi, dott.ssa in legge;

-Gregorio COLISTRA, nato a Maida il 29 ottobre 1941,

ivi residente alla Salita degli Angeli, funzionario;

-Giuseppe DONATO, nato a Maida il 15 settembre 1950,

ivi residente alla Salita degli Angeli, insegnante;

ivi residente; alla Via F.Nobile, geometra;

-Gregorio FIOZZO, nato a Maida il 10 febbraio 1945,

ivi residente alla Via F.Nobile, ingegnere;

-Antonio GALLO CANTAFIO, nato a Maida il 28 febbraio

1945, ivi residente;

-Maria MOLINARO, nata a Maida il 29 marzo 1944, ed

ivi residente in Piazza Roma, insegnante;

-Maria TALESE, nata a Maida il 24 maggio 1950, ed

ivi residente alla Via Costantino, insegnante;

-Antonio GENTILE, nato a Sambiase (ora Lamezia Terme)

il 1° marzo 1929 residente a Vena di M., sacerdote;

-Gaetano SCERBO, nato a Vena di Maida il 12 agosto

1954, ivi residente alla Via Umberto, studente;

-Clara PANZA, nata a Vena di Maida il 6 agosto 1952,

ivi residente alla Via Scandeberg, insegnante;

-Giuseppina GRAZIANO, nata a Vena di Maida il 23 di-

cembre 1945, ivi residente alla Via Scandeberg, insegnante;

-Silvio PANZA, nato a Vena di Maida il 14 ottobre

1945, ivi residente alla Via Scandeberg, impiegato;

-Aureliano ARCURI, nato a Vena di Maida il 5 gennaio

1953, ivi residente in P.za V.Emanuele 3°, studente;

-Patrizia GIORDANO, nata a Vena di Maida l'11 gennaio

1961;

-Francesco BASILE, nato a Vena di Maida il 27 luglio

43

-Silvio PALMIERI, nato a Catanzaro il 20settembre

1958, residente a Vena di Maida, studente;

-Tommasina GRAZIANO, nata a Vena di Maida il 29 ago-

sto 1948,28 settembre 1948, ivi residente, impiegata;

-Giuseppina FIGLIA, nata a Vena di Maida il 21 ago-

sto 1952;

-Domenico CIMINO, nato a Vena di Maida il 25 novem-

bre 1953,ivi residente alla Via Umberto, studente;

-Giuseppe DEL GIUDICE, nato a Vena di Maida il 5

agosto 1947, ivi residente alla Via Scandeberg,geometra;

-pasquale GRANDE, nato a Vena di Maida il 5 dicembre

1932,ivi residente alla Via Scandeberg, insegnante;

-Domenico BUBBA, nato a Vena di Maida il 29 settembre

1950, -Pietro GRAZIANO, insegnante, nato a Vena di

Maida il 5 dicembre 1938, ivi residente alla Via

Scandeberg;

I costituiti, tutti cittadini italiani, della cui

identità personale io Notaio sono certo, di accordo

tra loro e con il mio consenso rinunziano alla assi-

stenza dei testimoni e mi richiedono di ricevere il

presente atto, con il quale convengono e stipulano

quanto segue:

Articolo 1

E' costituita tra i comparenti l'associazione, de-

nominata "PRO LOCO IDEAL", con sede in Maida, alla

_____ Articolo 2 _____

L'anno sociale e l'esercizio finanziario vanno dal

1° gennaio al 31 dicembre di ogni anno.

Il primo esercizio decorre da oggi sino al 31 dicem-

bre 1979.

_____ Articolo 3 _____

L'ordinamento, lo scopo, il patrimonio, i diritti e

gli obblighi degli associati, e le condizioni della

loro ammissione, l'amministrazione e la rappresentan-

za dell'Associazione suddetta sono quelli indicati

nello Statuto che si allega al presente atto sotto

la lettera "A", previa lettura da me Notaiodatane.

Per quanto non previsto nello stesso , l'Associazione

è regolata dalle norme vigenti in materia.

_____ Articolo 4 _____

I comparenti, riuniti in assemblea, ad unanimità di

voti, chiamano a comporre il primo Consiglio di Am-

ministrazione, composto di tredici membri, i signori:

-Cinque Silvana, Colistra Gregorio, D'Amico Antonio,

Costantina Ciriaco, Maria Telese, Antonio Gentile,

Arcuri Aureliano, Basile Francesco, Graziano Tommasina,

Del Giudice Giuseppe, Grande Pasquale, Palmieri Eu-

genio, nonchè Natale Amantea, in proprio e nell'es-

pressa qualità di Sindaco pro-tempore del Comune di

Maida.

I Consiglieri eletti accettano la carica ed indi, a
totalità di voti, eleggono a Presidente del Consiglio
di Amministrazione il signor Colistra Gregorio, ed
a Vice Presidente il signor Antonio Gentile, i quali
accettano la carica.

A comporre il Collegio dei Revisori dei conti vengono eletti, con voto unanime i signori:
-Fiozzo Gregorio, Panza Silvio e Graziano Pietro;
gli eletti accettano la carica ed eleggono a Presidente il signor Silvio Panza, il quale accetta la
carica.

A Segretario viene nominata, ad unanimità di voti,
la signorina Graziano Tommasina, la quale accetta la
carica.

Alla carica di Tesoriere viene, ad unanimità di voti,
eletto il signor Donato Giuseppe, il quale accetta la
carica.

Articolo 5

Ad apporre le firme marginali vengono delegati i signori Colistra Gregorio e Panza Silvio.

Articolo 6

Il Presidente del Consiglio di Amministrazione, signor
Colistra Gregorio, viene autorizzato e delegato ad apporre al presente atto tutte le modificazioni ed ag-
giunte, che potranno essere richieste dalle Competenti

——————— Articolo 7 ———————

Imposte e spese del presente atto e dipendenti tutte
a carico dell'Associazione. _____

(1) Adde: Eugenio PALMIERI, studente, nato a Maida
il 6 novembre 1948, ivi residente alla Via S.Giuseppe,
n;6 ";

(2)Radia le dodici parole da "Gregorio" sino a "residente"; (3)Radia le dodici parole da "Antonio" sino
a "residente"; (4) Radia le undici parole da "Patri-
zia" sino a "1961"; (5) Radia le tre parole "29 agosto 1948";(6) Radia le undici parole da "Giuseppina"
sino a "1952"; (7) Radia le undici parole da "Domenico" sino a "1950"; sette postille ------------------

——————————————————————————Richiesto, io

Notaio ho ricevuto il presente atto, dattiloscritto

da persona di mia fiducia su sette facciate di due

fogli e da me letto, unitamente all'allegato, ai co-

stituiti che lo approvano.————————————————

[signatures]

REGIONE CALABRIA

ASSESSORATO AL TURISMO

ENTE PROVINCIALE PER IL TURISMO

C A T A N Z A R O

STATUTO ASSOCIAZIONI "PRO LOCO"

DEFINIZIONE TERRITORIALE

ALLEGATO "A"
ALL'ATTO N.° 2518
DI REPERTORIO
E N.° 1240
DI RACCOLTA

Art. 1

Nel Comune di Maida è costituita una Associazione denominata "Pro Loco Ideal" con sede in Maida.

Art. 2

La Pro Loco svolgela sua opera nel territorio del Comune e nelle zone contermini, stabilite d'accordo con l'E.P.T., avuto riguardo alla sfera di azione delle Pro Loco confinanti; tuttavia previa autorizza- zione dell'E.P.T., su conforme parere della Regione Calabria, può espletare attività anche fuori dei limi ti di cui sopra.

Art. 3

Il riconoscimento dell'Associazione da parte dell'E.P.T. é subordinato all'approvazione del presente statuto, dall'Assemblea dei soci.

Art. 4

La Pro loco è sottoposta alla vigilanza dell'E.P.T. e, per il tramite dell'Ente stesso a quello della Regione Calabria.

2 3 GEN. 1979

Registrato a Lamezia Terme, il
n. 335 Vol. 222 Mod. I con esatto
di cui L.

Art. 5

FINALITA'

Gli scopi che la Pro Loco Ideal si propone sono:

a) Rivalutare e salvaguardare le tradizioni folkloristiche ed etniche locali(comprendente Comune
Maida e Frazione Vena) e con particolare riferimento alla lingua albanese;

b) Riunire tutti coloro(Enti, titolari e gestori di
esercizi alberghieri, extraalberghieri e pubblici
professionisti, industriali, commercianti, e pri
vati in genere) che hanno interesse allo sviluppo
turistico della località;

c) svolgere fattiva opera per organizzare turisticamente la località, studiando e proponendo il miglioramento edilizio e stradale della zona suscet-
tibili di essere visitati dai turisti, promuoven-
do l'abbelimento di piazze e giardini, con piante
e fiori, provvedendo all'installazione di cartel-
li indicatori di carattere turistico e curandone
la manutenzione;

d) tutelare e valorizzare con assidua propaganda le
bellezze naturali, artistiche e monumentali della
zona;

e) promuovere e facilitare il movimento turistico,
rendendo il soggiorno piacevole, incoraggiando ed

appogiando il miglioramento dei servizi(postali, automobilistici, natanti, trasporti bagagli, etc.);

f) svolgere opera di convizione e di educazione civica volta alla creazione di una vera e propria coscienza tiristica della popolazione locale;

g) promuovere il miglioramento delle attrezzature ricettive e dei centri di ritrovo degli ospiti, vigilare che questi corrispondono agli scopi, segnalare agli E.E.P.P.T. gli eventuali abusi ed inosservanze delle tariffe e dei prezzi stabiliti e le deficenze che si frappongono allo sviluppo turistico della località;

h) promuovere festeggiamenti, conferenze a carattere culturale, gare, fiere, convegni, spettacoli pubblici, gite, escursioni ed ogni altra iniziativa diretta al richiamo dei forestieri nella località ed allo svago dei turisti soggiornanti;

i) vigilare lo svolgimento dei servizi locali interessati al turismo e le relative tariffe, proporre le opportune modifiche alle competenti Autorità o direttamente alla Società di autotrasporti;

l) orientare e stimolare l'iniziativa privata per la valorizzazione di eventuali risorsestermali, balneari, etc, per la creazione di funivie, seggiovie, slittovie e tutti gli impianti in genere di interes se turistico e sportivo non dimenticando anche, sopra

tutto laddove ve ne sia la necessità e la tradizio-

ne, l'istituzione di locali per la degustazione di

specialità gastronomiche e di svago;

m) censire annualmente, previa intesa con l'E.P.T.,

gli affittacamere, gli affitta-appartamenti e le

ville private abitualmente locate al forestiero

nonchè gli esercizi pubblici(ristoranti, tratto-

rie, caffé, bar, etc) in modo da mettere a dispo-

sizione del turista una documentata ed aggiornata

informativa;

n) istituire l'ufficio informazioni turistico con o

senza biglietteria, telefono pubblico, sala di

scrittura e di attesa;

o) adempiere alle funzioni demandate dall'E.P.T.

Art. 6

ORGANI E LORO FUNZIONI

Organi della Pro loco sono:

a) Il Presidente;

b) Il Consiglio di Amministarzione;

c) L'Assemblea Generale dei Soci;

d) Il Collegio dei Revisori dei Conti;

e) il Vice Presidente;

f) Il Segretario;

g) Il Tesoriere;

Il Presidente è nominato mediante deliberazione
del Consiglio di Amministarzione; dura in carica quattro anni e può essere riconfermato.

La carica del Presidente è gratuita.

Con la stessa deliberazione viene provveduto alla
nomina, fra i membri del Consiglio, di un vicepresi-
dente che , in caso di assenza o legittimo impeimen
to del Presidente ne esercita le funzioni.

Il Presidente amministra l'Associazione e la rap-
presenta difronte ai terzi ed in giudizio. Convoca
e presiede il Consiglio e l'Assemblea ed è assistito
da un segretario scelto fra i membri del Consiglio.

Art. 7

Il Consiglio ha voto deliberativo e provvede alla compilazione e formazione del bilancio di previsione e relativo programma di azione, alla stesura
del conto consuntivo e della relazione dull'attività
svolta, alla adozione di ogni atto attinente alla
vita e funzionamento dell'Associazione.

Di ogni convocazione deve essere data notizia
all'E.P.T. insieme all'ordine del giorno, almeno
sette giorni prima della riunione. L'E.P.T. ha facoltà di inviare alla riunione un suo rappresentante.

Il Consiglio è composto di n° membri; tra questi il Sindaco(o i Sindaci quando le competenze ter

ritoriali della Pro Loco investone più Comuni) che è membro
di diritto. Il voto del Sindaco o del suo delegato
ha carattere consuntivo. Gli altri membri del Consiglio sono scelti tra le persone interessate al turismo od esperte in materia turistica. I componenti
del Consiglio sono nominati dall'Assemblea generale
della Pro Loco; durano in carica quattro anni e sono
rieligibili. Tutte le funzioni dei membri del Consiglio sono gratuite. E' però facoltà del Consiglio
stesso di nominare un segretario per il disbrigo delle funzioni burocratiche e tecniche. Le deliberazioni
del Consiglio sono emesse a maggioranza di voti
dei consiglieri presenti.

Per la validità delle riunioni del Consiglio occorre che intervenga almeno la metà dei suoi membri.

Nelle votazioni, in caso di parità di voto, è
decisivo quello del Presidente. Trascorsa mezz'ora,
la riunione è valida qualunque sia il numero dei
convenuti.

Art. 8

L'Assemblea generale è costituita dai soci in regola con il versamento delle quote sociali.

Spetta all'Assemblea dei soci:

a) esprimere la volontà di costituirsi in associazione e di adottare il relativo statuto sociale, de-

terminando altresì l'ammontare delle quote sociali;

b) eleggere, a votazione segreta, il Consiglio di
   Amministrazione;

c) deliberare sulle eventuali modifiche allo statuto;

d) deliberare sul bilancio preventivo e relativo programma di attività;

e) deliberare sul conto consuntivo e la relazione
   illustrante la opera svolta;

f) deliberare su eventuali proposte del Presidente,
   del Consiglio o dei Soci;

g) proporre all'E.P.T. lo scioglimento dell'Associazione.

Art. 9

L'Assemblea viene convocata dal Presidente almeno
due volte all'anno.

Può essere altresì convocata su domanda firmata
da almeno un terzo dei Soci e tutte le volte che il
Presidente del Consiglio lo ritengono necessario.

La convocazione dell'assemblea è fatta di regola
mediante avviso individuale. E' in ogni caso necessario
la convocazione mediante avviso affisso nella sede
della Associazione e dell'Albo Pretorio del Comune
almeno dieci giorni prima della riunione.

Di ogni convocazione dell'Assemblea dovrà essere
data notizia, entro il termine predetto, all'E.P.T.

che potrà intervenire con un proprio rappresentante.

Perchè l'Assemblea sia valida in prima convocazione occorre che sia presente almeno la metà dei Soci in regola con le quote sociali.

Trascorsa mezz'ora, l'Assemblea si riunisce in seconda convocazione e delibera qualunque sia il numero dei presenti.

Art. 11

Per la validità degli atti adottati dall'Assemblea occorre la maggioranza dei voti dei presenti.

Per la validità, invece, degli atti relativi allo Statuto ed ogni sua modifica, occorre l'unanimità di almeno due terzi dei soci presenti, così pure per quanto concerne lo scioglimento dell'Associazione Pro Loco.

Art. 12

In sede di assemblea i Soci possono avanzare propo ste che ritengono utili al conseguimento degli sco- pi sociali. Le proposte debbono risultare dall'ap- posito verbale setso dal Segretario e firmato dal Presidente.

Art. 13

Ogni e qualsiasi atto adottato dall'Assemblea de- ve essere inviato, in duplice copia all'E.P.T. e di-

22

ed ordinari annuali.

Sono Soci benemeriti quegli Enti o persone che
arrecano particolari benefici morali o materiali
all'Associazione e che versano almeno una quota
annua non inferiore a £. 50'000 (*lire cinquantamila*).

Sono Soci sostenitori coloro che versano una quota
annua di almeno £. 35'000 (*lire Trentamila*).

Sono Soci Ordinari coloro che versano una quota
annua di £. 5'000 (*lire cinquemila*).

Art. 17

I Soci che nonmmandano le dimissioni per iscritto
entro il 15 Novembre sono obbligati ai contributi
fissati anche per l'anno seguente.

Art. 18

I Soci hanno diritto:

a) a frequenatre i locali dell'Associazione;

b) a partecipare alla designazione dei membri che
dovranno formare il Consiglio Di Amministrazione
e a nominare il Collegio dei Revisori dei Conti;

c) ad essere designati membri del Consilgio di
Amministraazione;

d) a partecipare all'assemblea generale con diritto
di discussione e di voto, in piena parità di poteri a qualsiasi categoria essi appartengono;

e) alle eventuali pubblicazioni edite dall'Associazione;

f) ad eventuali facilitazioni in occasione di manifestazioni promosse od organizzate dalle Pro Loco.

Art. 19

La qualità di Socio si perde, oltre che per decesso,
per dimissioni o rinuncea per morosità o per indegnità. Sulla esclusione per indegnità decide il
Consiglio della Pro Loco.

——— Art. 20 ———

AMMINISTRAZIONE

Il Consiglio, mediante deliberazione scritta in apposito registro e sottoscritta dal Presidente e dal
Segretario, adotta gli atti per il funzionamento del-
l'Associazione, forma il bilancio di previsione ed
il Conto Consuntivo, nonchè i piani di azione e le
relazioni ad esse allegate che sottopone all'approvazione della'Assemblea. Trasmette all'E.P.T. il bilancio preventivo ed il piano di azione entro il
mese di Novembre dell'anno precedente a quello cui
si riferisce ed il Conto Consuntivo con le relative
relazioni nel termine di tre mesi dalla chiusura
dell'esercizio cui si riferisce.

Art. 21

Il Segretario assiste il Consiglio e l'Assemblea
redige i verbali delle riunioni.

Art. 22

Il Presidente ed il Segretario sono responsabili della esecuzione degli atti deliberativi e della tenuta dei registri, dai quali risulta la gestione contabile dell'Associazione.

l'Associazione per gli incassi, i pagamenti e per il deposito del proprio fondo di cassa, si avvarrà di un conto corrente bancario o postale, o del Tesoriere Comunale.

Art. 23

LIBRI E REGISTRI

L'Associazione Pro Loco deve istituire e tenere aggiornati i seguenti libri e registri:

a) libro dei Soci;

b) libro inventario del patrimonio;

c) registro delle deliberazioni dell'Assemblea dei Soci;

d) registro delle deliberazioni del Consiglio;

e) libro di cassa;

f) registro cronologico per il protocollo della corrispondenza in arrivo ed in partenza;

la corrispondenza in arrivo, e copia di quella in partenza, verrà conservata in apposito archivio.

Art. 24

TUTELA

Tutti gli atti adottati dal Presidente per l'amministrazione ordinaria e straordinaria dell'Associazione che comportino oneri di qualunque entità
sono soggetti al visto di esecutorietà dell'E.P.T.

L'atto costitutivo, lo statuto sociale e le eventuali modifiche, l'atto di scioglimento, i bilanci
preventivi ed il piano di azione, i conti consunti-
vi e le relazioni sull'attività svolta sono soggetti
all'approvazione della Regione Calabria Assessorato
al Turismo, tramite l'E.P.T.

Sono altresì soggette a preventiva autorizzazione
dell'E.P.T. tutte le pubblicazioni di carattere turistico ed informativo edite a cura della Pro Loco.
Degli estremi della autorizzazione conseguita dovrà
esserne fatta esplicita menzione nelle pubblicazioni
(autorizzazione E.P.T. Catanzaro n.   del   ).

Art. 25

PERSONALE

L'Associazione, ove si rende strettamente necessario ed il suo bilancio lo consente, può assumere,
mediante deliberazione consiliare, personale fis-
sandone i compiti, la durata dell'incarico e la re-
tribuzione.

Le assunzioni sono sottoposte alla approvazione
dell'E.P.T.

Art. 26

Il Consiglio può essere sciolto con provvedimento dell'E.P.T. per gravi motivi ordine pubblico e per irregolarità riscontrate nelle amminis trazione dell'Associazione.

In caso di scioglimento, l'E.P.T. ove lo ritenga, provvederà alla nomina di un commissario straordinario cui saranno attribuiti i poteri spettanti a norma di statuto al Presidente o al Consiglio.

Alla nuova formazione del Consiglio dovrà provvedersi entro il termine di mesi sei(6) prorogabili fino a mesi nove (9).

Art. 27

La vigilanza dell'E.P.T. sulla Associazione anche de assume la più intensa figura giuridica della tutela, non importa una responsabilità dell'organo tutorio di fronte ai terzi, per gli atti dell'Ente tutelato.

Art. 28

L'E.P.T. potrà valersi della Pro Loco per l'esplicazione di particolari iniziative e compiti, affidandole gestioni anche di natura commercilae, che saranno disciplinate da appositi regolamenti.

Art. 29

L'E.P.T. a mezzo di persone espressamente delegate,

esercita la sorveglianza amministrativa e contabile sugli atti dell'Associazione, suggerisce le norme più rispondenti per il migliore funzionamento della Associazione.

Art. 30

L'acquisto e l'alienazione dei beni dovranno risultare da appositi provvedimenti presidenziali o consiliari, e diventeranno esecutivi solo dopo la approvazione dell'E.P.T.

In caso di scioglimnto dell'Associazione, i beni mobili ed immobili verranno trasferiti in proprietà con deliberazioni dell'assemblea generale dei soci, al Comune ed ai Comuni nei quali sono ubicati, mentre ogni consistenza patrimoniale derivante dai fondi erogati dalla Regione Calabria passerà in proprietà di quest'ultima? Le eventuali somme residuate saranno versate all'E.P.T. di Catanzaro che le destinerà a favore delle Associazioni Pro Loco in giurisdizione.

In caso invece di costituzione in loco dell'Azienda Autonoma di soggiorno e Turismo, i beni dell'Associazione saranno trasferiti al nuovo organismo.

I singoli associati non possono richiedere la divisione del fondo comune costituito con i contributi degli associati e dell'E.P.T. nè pretendere la quota ina caso di vdecesso.

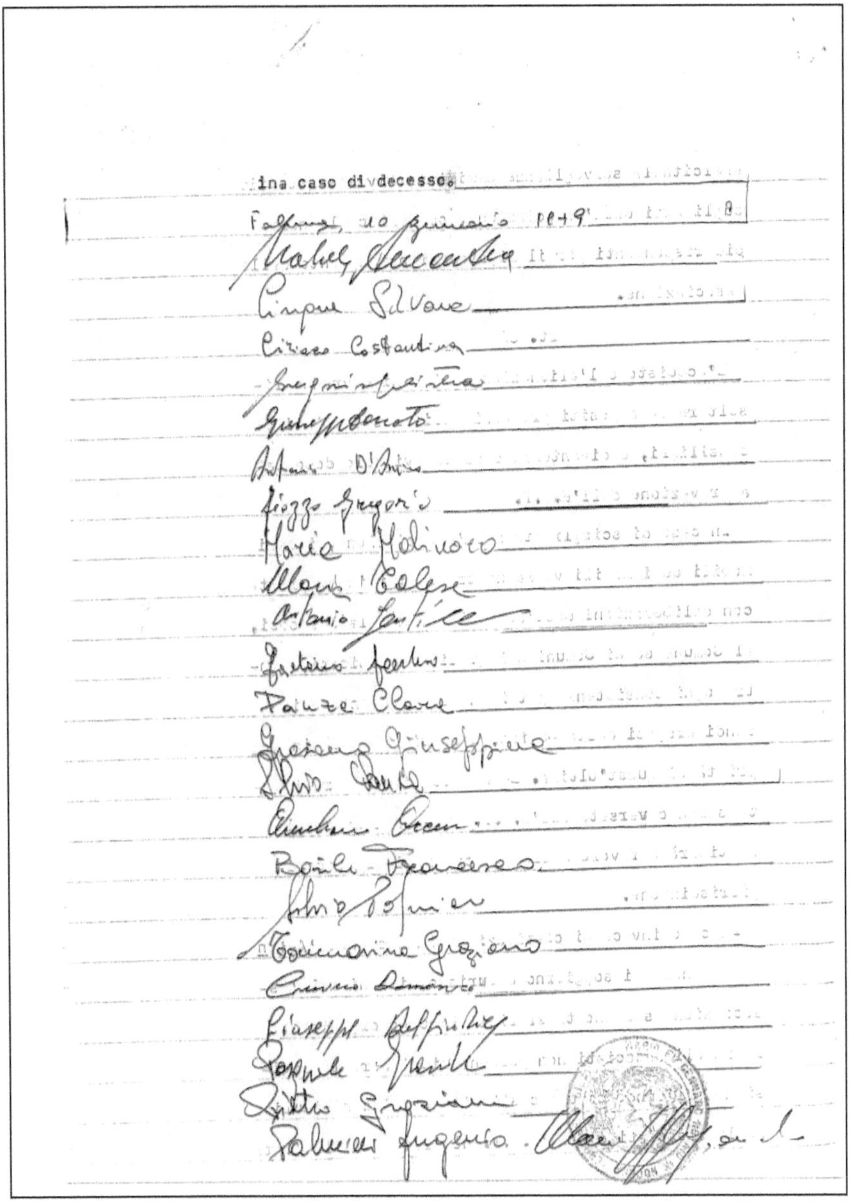

Falconi, 10 gennaio 1949

(signatures, largely illegible)

Mabel Succenter
Cinque Silvana
Cicero Costantino
Gregorio Pietro
Giuseppe Benoto
Antonio D'Anna
Jiozzo Gregorio
Maria Molinaro
Alberi Celeste
Antonio Santico
Gaetano Santino
Panzo Clara
Gregorio Giuseppina
Silvio Paula
Umberto Cicero
Boile Francesca
John Pomier
Guerrina Graziano
Cicero Simona
Giuseppe Belfiore
Raffaele Gentile
Sisto Graziani
Palmeri Eugenio

LETTERA CIRCOLARE

ASSOCIAZIONE PRO · LOCO
CORSO GARIBALDI · 88025 MAIDA (CZ)

LI

Prot. N.................

Oggetto:

Campagna Soci 1980

Egr. Signore /Gentile Signor

Oggi basta guardarsi intorno — Non è necessario nutrire particolari interessi — per rendersi conto del degrado in cui versano Maida e Vena: l'inumana conformazione delle città, infatti, stà interessando anche i nostri paesi.

La PRO-LOCO intende dare una risposta positiva a questi problemi avviando una politica che abbia la capacità di recuperare e valorizzare, con opportuni restauri, i beni architettonici, archeologici, artistici, archivistici e storici presenti nel nostro territorio.

Un discorso nuovo andrebbe fatto anche per conservare l'ambiente naturale.

L'Associazione ritiene opportuno, inoltre, sviluppare una azione intesa a rivalutare le tradizioni folkloristiche ed etniche locali, con particolare riferimento alla cultura albanese.

E' necessario, altresì, svolgere una fattiva opera per organizzare turisticamente le nostre contrade, tenendo presente la realtà emergente nella pianura lametina.

Per realizzare un simile progetto occorre la partecipazione attiva di tutti i cittadini.

Oggi, più che mai, è opportuno superare vecchi pregiudizi, abbattere steccati ideologici che condizionano lo sviluppo civile e culturale delle nostre comunità.

E' la sola condizione per uscire dal "privato" e, lavorare per conquistare un diverso, più umano modo di vivere.

Solo così, anche la nostra tradizione storica, rappresentata dai beni culturali superstiti non andrà perduta, ma si trasformerà in forza vitale, capace di sviluppo e in elemento essenziale di progresso civile.

Cordiali saluti.

IL PRESIDENTE
(Gregorio Coliatra)

RELAZIONE DI GREGORIO COLISTRA
IN OCCASIONE DELL'ASSEMBLEA GENERALE
DEL 28 MAGGIO 1995

**RELAZIONE DI GREGORIO COLISTRA PRESIDENTE
DELLA PRO-LOCO DI MAIDA IN OCCASIONE DEL-
L'ASSEMBLEA GENERALE DEL 28 MAGGIO 1995.**

La Pro-loco è stata fondata nel 1979.

Mai, prima d'allora, nessuno vi era riuscito.

Questa associazione ha il merito di essere autonoma rispetto ai partiti politici ed ha avviato iniziative, non di gusto paesano, tese a portare autentici benefici alla collettività e a sviluppare la nostra cultura che, così, è stata valorizzata.

Il nostro progetto culturale per lo sviluppo di Maida partiva dalla consape-volezza che, solo coinvolgendo larghi strati di popolazione, e rivolgendosi ai giovani in special modo e chiamandoli ad essere forza attiva di una azione per la crescita culturale e sociale della nostra società, era possibile dare un contributo decisivo allo sviluppo di Maida e della Calabria.

Ma questa impostazione deve farsi più insistente anche per la degenerazione morale ed ideale insita nella stessa crisi della società, che rischia di coinvolgere strati consistenti di giovani.

Si parla tanto di crisi di valori. La mancanza di valori etici; l'adattamento alle circostanze e all'opinione degli altri; l'ambiguità; il danaro guadagnato illegalmente; la scalata al successo a danno degli altri; la corruzione e l'arbitrio come strumenti di dominio sui singoli uomini e sulla società; la corsa sfrenata al profitto alla cui realizzazione si sacrificano gli interessi collettivi: è questo il sistema di valori che l'attuale società ha instaurato.

- 1 -

Da queste valutazioni viene fuori un quadro di incertezze senza speranze per il futuro.

Ma a ciò si oppone e si è opposto la presenza delle Istituzioni Repubblicane, della Chiesa, di piccole ma operose associazioni come la nostra, che hanno saputo svolgere con impegno il proprio ruolo puntando sul rinnovamento culturale che può contribuire a combattere la mafia, la corruzione, la droga e la pornografia.

Se qualcosa è cambiato, dunque, lo si deve alla presenza dello Stato, della Chiesa, di associazioni e forze sane che hanno saputo rappresentare un punto di riferimento chiaro per tanta parte delle popolazioni calabresi.

Vi ricordate le polemiche sulle nuove scelte che andavano verso la cultura e, più specificatamente, verso il restauro, la fruizione, la valorizzazione dei nostri monumenti e la riscoperta e lo studio della nostra storia?

Si diceva che il passato era morto; che i convegni erano al alto livello scientifico, molto specialistici e non interessavano Maida (anche se poi aprivano uno squarcio sulla nostra storia); che invece di restaurare le chiese era necessario pensare alle strade interne del paese.

Quante polemiche!
Quante resistenze!
Quante paure per questa politica nuova che si veniva concretizzando!

Ricordiamo ciò che abbiamo realizzato ed in particolare:

1) la cerimonia per l'inaugurazione della sede Pro-loco con l'intervento del Prefetto di Catanzaro, dell'Assessore Regionale al Turismo e del Sindaco di Maida. Cominciava, così, la parentesi della presenza a Maida di

- 2 -

personalità ad alto livello.

2) la tavola rotonda sulle origini di Maida con la relazione dell'avv. Giuseppe Fabiani e con l'intervento del Prefetto di Catanzaro ed esponenti del mondo culturale calabrese;

3) la conferenza-dibattito sui beni culturali con la relazione del Soprintendente per la Calabria e con l'intervento del Prefetto di Catanzaro ed esponenti del mondo accademico meridionale;

4) il concerto di musica classica, uno dei primi tenuto in Calabria, nella Chiesa di S. Domenico con l'intervento del Prefetto di Catanzaro e di numerose altre autorità;

5) la tavola rotonda "Che sbocchi dare alla crisi della Calabria" con gli interventi degli onorevoli B. Dominijianni, Q. Ledda, M. Tassone;

6) il concerto di musica pro-terremotati con l'intervento del Prefetto, del Questore, dei comandanti delle legioni CC e GF di Catanzaro;

7) il 1° concorso presepio "T. Gallo Cantafio";

8) il primo convegno organizzato nel Meridione sugli archivi e la storia di Calabria con l'intervento del V. Direttore Generale dei Beni Archivistici e studiosi di chiara fama venuti da ogni parte d'Italia;

9) la conferenza sulla storia delle chiese di Maida presieduta dal Prefetto di Catanzaro e dal Vescovo di Lamezia Terme;

10) la cerimonia per il 50° anniversario dell'ordinazione sacerdotale di don Filippo Pascuzzi;

11) il convegno sulla battaglia di Maida che ha portato la nostra cittadina alla ribalta nazionale ed internazionale;

- 3 -

12) il convegno sulla figura di Giovanni Cervadoro con le relazioni del Sen. S. Di Bella e del Preside F. Mercuri;

13) la mostra di pittura "nuove presenze del panorama artistico contemporaneo";

14) il gruppo folk diretto dalla Sig.ra Antonietta d'Amico.

15) il patrocinio a diverse edizioni del Natale, della "Cicerata", del Carnevale e le mostre di pittura di artisti locali;

16) l'istituzione della linea automobilistica Maida-Catanzaro;

17) le gite turistico-culturali a Catania, Altomonte, Gerace, Sibari e Stilo;

18) la prima e seconda edizione del concorso di poesia "Melania";

19) i volumi "Atti del convegno di studi - archivi e storia di Calabria", "Aspetti e momenti della storia di Maida in Calabria" e "Melania" distribuiti gratuitamente;

20) l'impegno per il restauro del castello come si evince dalla seguente comunicazione del Capo di gabinetto del Ministero per i Beni Culturali ed Ambientali e del Soprintendente per i Beni Artistici della Calabria che si riportano qui di seguito:

Scrive il primo: "Caro Gregorio, mi riferisco al tuo interessamento per il Castello di Maida (CZ).
Ti informo che i lavori di restauro del Castello sono stati inseriti nelle previsioni del Programma Speciale "Itinerari Culturali" e precisamente nell'itinerario della cultura bizantino-normanno-sveva.

– 4 –

Mi riservo ecc. ecc."

Ed il secondo "Egr. Sig. Colistra, in risposta alla pregiatissima Sua del dicembre scorso, Le comunico che il Castello di Maida è stato inserito da questa Soprintendenza, nel Progetto Speciale "Itinerari Culturali-Itinerario della cultura bizantino-normanno-sveva" per un importo di £.350.000.000, per il triennio 1982/83/84.";

21) l'impegno, d'intesa con don Gregorio Cinque, per il restauro della Chiesa di S. Nicola, S. Domenico e di Santa Maria Cattolica.

Ed, infatti, nel corso della cerimonia per il 50° anniversario dell'ordinazione sacerdotale di don Filippo Pascuzzi davamo comunicazione che, su nostra proposta, il Ministero per i Beni Culturali e Ambientali aveva concesso un finanziamento di ulteriori £.240.000.000 per ultimare il lavoro di restauro della Chiesa di Santa Maria Cattolica.

Questo nostro impegno fu evidenziato dall'Arciprete della Collegiata il quale affermava:

"Al rag. Gregorio Colistra, presidente della "Pro-loco" che ha svolto la sua opera per i restauri di questa Chiesa Matrice e si è impegnato di ottenere la completa realizzazione, la mia affettuosa riconoscenza, con l'augurio che la sua attività porti reali vantaggi alla città di Maida".

La valutazione di queste iniziative, con particolare riferimento ai convegni, la lasciamo

(*) all'insigne storico A. Placanica, il quale nel corso del convegno sugli archivi ebbe a dire:

"Ogni tanto mi capita di esprimere forti perplessità circa l'improvviso fiorire di troppe iniziative a proposito dei beni culturali. Quel che non condivido è la genericità di queste iniziative, l'ambizione di coinvolgere tutto e tutti in una proposta di salvaguardia di tutto: monumenti, chiese, ambiente, nuclei urbani, paesaggio, centri storici, culture materiali, dialetti, identità antropologiche, reperti archeologici, mare, paesaggio, cielo, tutto. In mancanza di uno specifico, spesso si finisce col constatare lo sfascio di tutto, quasi fosse una circostanza casuale, senza individuazione di tempi storici e di congiunture socio-economiche che hanno presieduto allo sfascio. Tanto meno si individuano responsabilità di gestione della politica dell' ambiente e delle strutture culturali, gestione che, nell'ultimo trentennio, è poco ritenere criminale.

Noi studiosi non abbiamo armi da contrapporre a bieche politiche di degrado: consentite almeno che si usi qualche parola pesante per condannarli!

Ma torniamo al punto iniziale.

Questo convegno mi sembra diverso anzitutto perchè indica dei beni culturali molto precisi, cioè i beni archivistici; in secondo luogo perchè individua anche le forme e i mezzi di uso di questi beni medesimi. Questo è della massima importanza".

(*) Al V. Direttore Generale S. Serangeli, che così si è espresso:

"Noi speriamo nel più vivo applauso agli organizzatori tutti e in primo luogo al nostro infaticabile Colistra, a tutti gli amici che hanno con lui collaborato i quali hanno dimostrato come anche da un piccolo centro come Maida si possa fare delle vere attività di promozione e di diffusione culturale."

(*) al Sovrintendente Archivistico che affermava:

"... a testimonianza dell'interesse e della adesione di essa a questo Convegno, che ha visto per la prima volta riuniti qui in Calabria, e per di più non in una città capoluogo di provincia, ma in un centro di periferia..."

(*) alla professoressa E. Zinzi che sosteneva:

"Sono venuta a Maida per due ragioni. La prima è questa: arricchire le mie conoscenze in tema di materiali e problemi degli archivi.

– 6 –

Ma ad essa si aggiunge il desiderio di vivere con immediatezza
l'esperienza nuova ed in certo senso pioneristica d'un piccolo centro,
della Calabria, che matura dal suo interno, al di fuori d'ogni sollecita-
zione estranea al suo mondo, una volontà di   attivazione e di
partecipazione ad un ampio e moderno discorso di   ricerca e di
dibattito.

"...mostra la sua aspirazione ad uscire dalla lunga crisi di emarginazione
e depressione comune al più dei centri collinari e pedemontani della
Calabria, senza appiattirsi o cancellarsi, ma chiarendo a se stesso la sua
identità culturale e facendosi sede di una moderna ricerca
storiografica..."

(*) ed infine al prof. Valente, che concludendo una panoramica sulla
Calabria dice "Dopo questa mai opportuna comunicazione su Maida è
giusto che a Maida si concludano i lavori di questo Convegno che Maida
ha voluto, che Maida ha ospitato e che Maida merita di aver riconosciu-
to come un suo titolo di benemerenza della cultura calabrese.

Parlare della conclusione dei lavori, fare un riepilogo, io penso che sia
superfluo: ognuno di noi che ha assistito - ed ha avuto la pazienza di
ascoltare anche se stesso - non può trovare motivo di compiacimento e
di stimolo per dire all'amico Colistra che egli merita non soltanto la
riconoscenza - uso chiaramente questo termine - della cittadina di
Maida, ma anche il riconoscimento da parte di tutta la Regione, di questa
Regione che non è arretrata, di questa Regione che non è da considerare
assolutamente come qualcuno di noi tante volte e forse per un eccesso
di stimolo eccezionale in un momento d'eccezionale tensione, dice di
essere in maniera degradata e arretrata.

La Calabria è ancora quella nobile regione che è sempre stata, e che sarà
sempre di più se noi sapremo servirla, degnamente, con amore e
dedizione costanti, con affetto e, sopratutto, con l'impegno della fedeltà.

La Calabria che quì oggi a Maida trova un riconoscimento di se stessa;
la Calabria che - e credo mi sarà consentito l'arbitrio - oggi è grata oltre
a Gregorio Colistra e ai suoi collaboratori, ai suoi sostenitori, a coloro
che nella cittadina e fuori l'hanno aiutato, e che in avvenire lo aiuteranno

- 7 -

certamente per altre edizioni di altrettanti convegni, ai quali saremo, a Dio piacendo, tutti ancora presenti".

Queste sono le valutazioni sull'operato della Pro-loco; valutazioni che vengono dall'esterno mentre, dall'interno, abbiamo riscosso anche critiche e considerazioni approssimate.

Secondo alcuni non ci siamo occupati di sport, che lo statuto non prevede.

Secondo altri, negli ultimi tempi, la Pro-loco non ha funzionato; ma essi non pensano che questa associazione è costituita da volontari, i quali, a volte, per vari motivi non possono impegnarsi in modo organico, come vorrebbero.

Ma anche in questo periodo la Pro-loco ha pur sempre segnato la propria presenza nella realtà maidese

1) partecipando ufficialmente ai funerali di Mons. Filippo Pascuzzi, al 50°della ordinazione sacerdotale di don Gregorio Cinque e padre Antonio Marasco;

2) organizzando visite guidate a scuole della provincia.

3) ospitando l'Associazione Nazionale dei Castelli;

4) adoperandosi per chiedere contributi finanziari per l'attività della Pro-loco.

Il nostro amore, la nostra passione ed il nostro impegno per Maida non è mai venuto meno e, nel corso di questi anni, ci siamo adoperati per curare i lavori relativi ai volumi "2° premio di poesia Melania" e "Atti del convegno di studi la battaglia di Maida nel quadro della storia mediterranea e calabrese".

- 8 -

Ma c'è di più.

Dopo l'insediamento della nuova giunta comunale abbiamo avviato una serie di contatti con i nuovi amministratori al fine di rilanciare l'attività della Pro-loco.

Questo riguarda il passato.

Quali sono i programmi per il futuro?

1) restauro della Chiesa di S. Giuseppe e del Palazzo Vitale;

2) 3° edizione del premio di poesia "MELANIA";

3) 1° concorso di pittura e di scultura (le opere potrebbero abbellire Maida);

4) concorso "Miss Maida";

5) festa della "Pacchiana";

6) carnevale;

7) rivalutazione della "farza e carnalevare";

8) compagnia teatrale;

9) elevare "a cicerata" a dignità nazionale con studi religiosi ed antropologici, afflusso di turisti attraverso gli "itinerari turistico-culturali" e l'intervento della televisione nazionale, come avviene a Nocera Terinese,

in occasione de"I vattianti";

10) borse di studio riservate a studenti e studiosi intenzionati a ricostruire, su nuove basi e con l'ausilio del documento, la nostra storia;

11) mostra-mercato dell'antiquariato di fotografia;

12) mostra fotografia dei vecchi mulini;

13) mostra delle opere pittoriche di Tommaso Gallo Cantafio, Antonio Pileggi, Paolo Araco, Vittorio Branca, Bruno Catanzaro, Angelo Pileggi, Giuseppe Pileggi, Giuseppe Pujia, Francesco Zaccone e di altri artisti maidesi;

14) Concorso di documentazione sui beni culturali che si rivolgerà a tutti, in modo particolare alle scuole e agli amatori e avrà per oggetto la documentazione di opere d'arte o ambienti paesaggistici che rivestono particolare valore sotto il profilo storico o estetico, architettonico, artistico, archeologico, archivistico;

15) realizzazione di un museo della civiltà contadina;

16) sistemazione dell'archivio di deposito del Comune di Maida;

17) ricerca su nostri canti religiosi e popolari;

18) ricerca sulla storia sociale della Calabria con particolare riferimento alle lotte contadine, al brigantaggio, al fenomeno dell'emigrazione, al movimento politico-sindacale e alle associazioni operaie;

19) catalogazione su basi rigorosamente scientifiche di tutto il nostro patrimonio culturale con la conseguente creazione di posti di lavoro;

20) restauro della Chiesa di Bellacava in Vena di Maida;

21) realizzazione di una Chiesa in contrada Balzano;

22) valorizzazione della festa di S. Nicola che si celebra in contrada Balzano;

23) restauro e valorizzazione dell'antica fontana situata in contrada Balzano e convegno di studi sui beni archeologici della stessa contrada;

24) ricerca storiografica sulla famiglia Folino Gallo;

25) istituzione di una piccola biblioteca a Vena di Maida ed a Balzano.

Fare cultura non è solo questo ma è anche impegno per il superamento della sciagurata politica del territorio e la distruzione dei boschi, per la difesa del nostro centro storico, per corretti piani urbanistici, per la tutela dell'ambiente e del nostro patrimonio paesaggistico, per la difesa del mare, oggi diventato una pattumiera, per la tutela della nostra salute (vedi i vagoni carichi di amianto abbandonati sui binari della nostra stazione ferroviaria), per la tutela delle nostre coste, che vanno salvate dal marasma edilizio e dallo scempio gigantesco che non ha conosciuto limiti.

Se ne sono accorti solerti pretori.

Le cronache riferiscono che sono incappati, nella rete dei giudici, dei mafiosi, dei politici, dei notabili della borghesia che s'è costruita la seconda casa sugli arenili.

Quindi bisognerà intervenire in favore dell'ambiente in modo più deciso.

Questo programma non può prescindere dall'unità dei maidesi.

Senza l'unità non si va avanti e non si progredisce.

L'unità è un bene che va costruito giorno dopo giorno con impegno, con dedizione, con amore, con tolleranza, con umiltà, rispettando gli altri, senza invidia altrimenti si contribuisce a fare arretrare Maida ed allora non servono le lamentele ed i ricordi del bel tempo che fu.

In questi giorni l'abbiamo cercata con molta pazienza. La chiediamo ancora oggi perchè siamo convinti che non si costruisce sulle divisioni, accanto a qualcuno che ci sollecita ad uscire di scena.

Cosa che potremmo fare con tutta tranquillità ricordando, nel contempo che esiste un contratto, che bisogna onorare, per la stampa dei volumi" 2° premio di "Melania" che sarà dedicato alla memoria di Pino Ammendola, funzionario della Biblioteca Nazionale di Firenze e "Atti della Battaglia di Maida".

Il Convegno (organizzato d'intesa con le ambasciate britannica e francese, con istituti culturali londinesi, con il Ministero per i Beni Culturali e Ambientali, la Regione Calabria, l'Amministrazione Provinciale di Catanzaro ecc.) è stato possibile grazie al contributo di tanti amici, all'entusiasmo di tanti maidesi, all'impegno di una generosa e cara ragazza che, nell'occasione, ha dato lettura dei telegrammi di adesione. Parliamo chiaramente di Antonella Vacchiano alla quale dedicheremo il volume.

- 12 -

Maida di queste iniziative ha bisogno.

Maida ha bisogno di riprendere - tutti insieme - il gusto delle iniziative.

Maida ha bisogno di fatti, di impegni concreti e non di sole passeggiate lungo il corso.

Maida non può perdere altro tempo.

Maida può e deve migliorare.

Maida deve riprendere la strada maestra.

Maida non può isolarsi ma deve attivare iniziative al fine di creare le strutture capaci di inserire la nostra cittadina nel dibattito regionale e divenire una delle più attive protagoniste.

Questi obiettivi si possono raggiungere solo se sapremo organizzare, come è avvenuto in passato, manifestazioni di rilevanza nazionale.

Solo se sapremo trovare un momento di concordia, di coagulo, di unità tra noi che viviamo in questa nostra amata Calabria rabbuiata dall'immagine barbara e disumana che la delinquenza organizzata dà di essa proiettandola purtroppo anche all'estero - ultimo il caso Green - che non è arretrata e che ha saputo e sa superare le sventure e nelle sventure sa conservare intatti i valori dello spirito perchè ancora vive in essa una cultura che fu tra le più nobili del mondo antico e che improntò di sè tutta la civiltà del mondo occidentale.

LETTERA DEL CAPO DI GABINETTO
DEL MINISTERO PER I BENI CULTURALI
E AMBIENTALI

MOD 22 Gab

Ministero per i Beni Culturali e Ambientali

GABINETTO

Al Direttore Generale
dell'Ufficio Centrale
per i Beni Archivistici
R O M A

Al Direttore Generale
dell'Ufficio Centrale
per i Beni A.A.A. e S.
R O M A

e, p.c. - All'Associazione Pro-Loco
Corso Garibaldi
88025 M A I D A (CZ)

Prot. n. 11580/CC 22.13.4 del 30 AGO. 1995

OGGETTO: MAIDA (CZ) - Iniziative Culturali in collaborazione
con il Ministero dei Beni Culturali e Ambientali.

Per opportuna conoscenza, si trasmette la nota del
22 luglio 1995, con la quale l'Associazione Pro-Loco di
Maida, nell'inviare copia della relazione svolta in
occasione della assemblea annuale dei soci, manifesta vivo
apprezzamento per la proficua collaborazione prestata da
questo Ministero per il restauro dei monumenti e la
realizzazione di importanti manifestazioni culturali nella
città.

IL CAPO DI GABINETTO .

GF/ev

53

INTERVENTO DI GREGORIO COLISTRA
NEL CORSO DELLA CERIMONIA
IN OCCASIONE DEI 40 ANNI
DELLA PRO LOCO

Autorità
Gentili Signore
Egregi Signori

Sono stato invitato dalla Presidente della Pro Loco, che ringrazio sentitamente, per partecipare ai festeggiamenti organizzati per ricordare i 40 anni della fondazione dell'Associazione.

Rientrato a Maida, dopo anni di assenza per servire lo Stato, la trovo irriconoscibile: un paese stanco e afflitto.

Soprattutto dalle promesse tradite.

Schiacciato dal torpore provinciale e dalla ristrettezza di orizzonti culturali.

La vita sociale più immiserita e degradata.

Gli esercizi commerciali chiudono uno dopo l'altro. D'inverno, alle otto di sera, non circola anima viva.

Chi si incontra celebra lo sconforto della brutta stagione e, in giro, resta solo chi non riesce a risolvere in altro modo la serata.

Mi piange il cuore nel vedere corso e piazza Garibaldi senza vita, mentre, al tempo della mia giovinezza, pullulavano di persone!

Un paese stanco, scarnificato, senza progetti, privo di idee, che vive alla giornata.

Un paese decisamente diverso da quello che ci hanno lasciato i nostri antenati.

Un paese senza la partecipazione dei cittadini alla vita pubblica.

Un paese senza.

Un paese spento.

Un paese, il nostro, che ha smarrito la volontà e la voglia di lavorare per il cambiamento.

Un paese senza entusiasmo, quell'entusiasmo che, in altri momenti della sua millenaria ed esaltante storia, anche dopo la Seconda guerra mondiale, aveva contraddistinto la vita civile, culturale e politica.

Un paese smarrito, frantumato, incattivito.

Cadono i miti in questa Maida ripiegata su sé stessa con poco orgoglio e molte paure.

Avevo lasciato Maida viva, attiva, impegnata anche per effetto del pioneristico e concreto lavoro del circolo giovanile comunista "La Scintilla", il più numeroso e il più combattivo della Calabria.

Avevo, ripeto, lasciato Maida viva. L'ho ritrovata rassegnata e ripiegata su sé stessa. Con i soliti furbi che si abbeverano alla sorgente del Comune e che non vogliono essere disturbati. Opporsi, invece, è un dovere civico a cui si manca.

Si vedono circolare qualche ubriaco che gira indisturbato, qualche drogato che si fa di qualsiasi cosa, qualche povero cristo che vaga da anni, ormai ridotto a un vegetale. Intravedo l'ultima coppietta che si tiene stretta, raggomitolata, perché il gradino è di piccole dimensioni e per ripararsi dal vento.

Qualcuno, malcontento e solo, resta a rintanarsi al caldo, rimuginando le ultime di politica paesana e il pettegolezzo delle grasse maldicenze private nell'ultimo bar del vecchio centro storico che sta per chiudere, in una specie di mortorio per i vivi.

Vita sociale sempre più immiserita e degradata, amministrazioni che si susseguono (salvo qualche eccezione) sempre più mediocri e pretenziose, che non hanno una visione chiara di come si fa cultura vera, ma che vedono di buon occhio feste, festivals, tarantelle, sagre, notti bianche... e nere (povero Veltroni!) passerelle di moda con attricette e vipperia nazionale.

Si finisce per rimpiangere le vecchie feste de' "l'Unità", le oneste sagre di una volta e la poesia dimessa dei concorsi letterari per autori sfigati (in un libro scrivo a che cosa servono se non aumentano il numero dei lettori).

Maida è solo un paese, un vecchio paese, afflitto e stanco, rassegnato da più di mille anni di una storia un po' meno oscura e stentata di altri posti della vecchia Calabria, sopraffatta da attitudini circostanti e da promesse tradite da sconfitte secolari.

Qui la gente sopravvive nella frangia opaca di un presente solido e pretenzioso, che non apre mai al futuro e si esalta del passato.

Sul passato apro una parentesi che mi rimanda al prof. Francesco Scordovillo (il quale in "Aspetti e figure nei feudi di Nicastro, Maida e Sant'Eufemia del Golfo tra il XVI e il XVIII secolo) scrive: "Apprezzato era anche mastro Giuseppe Rocco (un mio antenato ndr), lavoratore del ferro, i cui discendenti furono titolari per più di due secoli di una fabbrica di mobili in ferro e ottone conosciuta in tutta la regione. Purtroppo la fabbrica dei Rocco, come il mobilificio dei fratelli Colistra... hanno chiuso i battenti, travolti dalla crisi che ha distrutto, dopo la Seconda guerra mondiale, le piccole industrie meridionali". Una precisazione: la fabbrica di ebanisteria ha "chiuso i battenti" dopo la scomparsa di mio padre, avvenuta nel 1976. Ma questa è un'altra storia.

Vita sociale sempre più immiserita e degradata, amministrazioni che si rassegnano sempre più mediocri e pretenziose.

Alcuni politici (si fa per dire), gente senza arte né parte, sono professionisti del ruolo, pronti a tutto e col pelo sullo stomaco. I nuovi peggio dei vecchi.

I negozi chiudono a ripetizione. Dopo un po', affogati dai debiti e schiacciati dalla grande distribuzione, rinunciano anche quelli che hanno aperto da poco, con le saracinesche che restano sbarrate e vuote sulle vetrine appena rimesse a nuovo.

Il turismo, la grande risorsa, si risolve nel rientro stagionale di qualche sporadica famiglia di emigrati e nel "casino" di una ventina di giorni tra luglio e agosto in cui le strade, il mare e le spiagge, per effetto dell'affollamento e per la mancanza cronica di depuratori e servizi adeguati, si riducono a una pattumiera.

Stando così le cose, i figli dei vecchi emigrati scelgono altre località, fuori dai confini dell'Europa.

Maida sta lì in alto. Domina la piana di Lamezia. E il paese è lì muto e impietrito, con il suo bel centro storico in abbandono, morente.

Le vecchie case e i palazzi settecenteschi con i balconi delle imposte accecate da decenni di muffe, i terrazzi con le balaustre spezzate e i portali di granito scolpito e i tetti di coppi lasciati all'incuria e alle intemperie, le facciate scorticate dall'unghia del tempo, la chiesa di Sant'Antonio Abate (ritratta nel millennio scorso da chi scrive), incipriata dal sole del tramonto come parrucca smessa di nobili decaduti, inesorabilmente sta per crollare.

Si può ancora godere il suo splendore: basta reperire "Maida chiese monumenti folclore". È un lavoro dello scrivente senza un minimo di contributo finanziario!

I ragazzi non si accorgono più del loro paese. Non c'è pietà per il passato, così come il presente non ne ha per loro. Neanche sanno dove stavano le casette dei nonni e delle nonne con la seggiola di paglia sul "vignano".

La vecchia Maida resta lì ferma, sospesa sul limbo, abbarbicata intorno a quel suo mozzicone di castello diroccato e ingrigito dal precipitare della storia.

La verità è che a Maida non c'è più vita. Non c'è più gente. E i giovani non ci restano, neanche se li incateni. E quelli che ci restano a vivere per forza hanno la faccia risentita e scura dei profughi e dei sopravvissuti piuttosto che quella gente sana, dei buoni ragazzi del paese che c'era una volta.

Oggi la vita è diversa da quella della mia giovinezza, quando ci si rifugiava nella "Villa Votta" e potevi sfiorare una ragazza grazie alla "complicità" dell'altalena.

Gesti bruschi, senza grazia. Si toccano. Si toccano sempre. Ma non c'è mai seduzione, né tenerezza di sguardi e di gestire questo loro cercarsi per urtarsi.

Parlano di loro nei dettagli più intimi, delle loro «storie» e del sesso che fanno a voce alta, con dovizia di particolari, senza pudore.

Spesso, specie le ragazzine, dicono di sé e dei loro ragazzi cose orribili, di un'oscenità che, se non diverte, mette i brividi. Lo fanno con una leggerezza noncurante e un'aggressività che sconforta.

Queste ragazzine portano nomi aggressivi. Nomi stranieri che, tutto sommato, ben si addicono ai modi sbrigativi e al loro sembiante ruvido e senza grazia.

Sono i nomi sciocanti e superimposti dai media e dalla televisione del pomeriggio. La categoria d'intrattenimento televisivo che nei nostri paesi è stato l'unico genere di «conforto» tra la gente più popolare.

Pane e companatico assunti in dosi massicce da un'intera generazione cresciuta nel lugubre e chiassoso crogiolo della miseria culturale che qui ha rimescolato e fatto decantare il prodotto sociale degli anni ottanta: Gessica, Luana, Moira, Ketty, Jenny. Nomi assurdi della vulgata televisiva che vanno a braccetto con le ultime Annuzze, le Concettine, le Immacolate, le Catrinnuzze, le Mariuzze, le Carmeluzze, le Fiolmenuzze, le Laguruzze, le Rosuzze, le Angiluzze, i Giannino, i Vincenzo, i Francesco, i Giuseppe, i Carmelo, i Raffaele, i Bastiano, i Paolo, gli Aquilino, gli Antonio, ecc., che qualcuno tra i genitori di oggi, per scrupolo malcelato verso i declinanti legami di famiglia, piuttosto che per consapevolezza e dignità di tradizione, ancora di tanto in tanto riesuma per nominare figlie e figli.

Nomi di questi tempi che non sanno più onorare il bisogno di mantenere la buona memoria dei nomi più antichi e veri, che già furono di quella folla di morti che, più umilmente di noi, ci ha già preceduto per recitare quasi la stessa parte su questo assurdo palcoscenico di paese.

Certe sere d'estate, i ragazzi si raccolgono e vociano come un nido di vespe impazzite. Con i capelli stopposi e ravvivati di gel. Gambe sottili infilate in blue jeans strappati e scarpe da ginnastica. Sono ipercinici col telefonino in mano o noncuranti che restano via un po' per i fatti loro.

E così, per distacco, lontano dagli amici, qualcuno di loro sembra possa ritornare ad avere una faccia, a mostrare un sembiante con le espressioni di un qualche simulacro di individualità.

Ma se li becchi su uno di questi momenti di assolo, ti accorgi sfilandogli davanti, che l'intero sembiante, con ciò che si raccoglie e si impregna negli occhi tumefatti di questi adolescenti isolati, al di là dell'ovvio pittoresco dei vestiti colorati e delle griffe sportive, che fanno la divisa di ordinanza di tutta questa ragazzaglia di paese, appare quasi sempre assorto in una indecifrabile tristezza e mestizia, rapito all'indietro da una specie di ruminazione grave e attonita che si disegna sulle facce, senza riuscire a ingranare una polpa di pensiero, una fantasia chiara, un gesto di ribellione o di accondiscendenza a qualcuno, a qualcosa di prossimo.

Spesso ho pensato anch'io che fosse per le bevute, per la birra e per la droga, che circola già a quest'età. Poi mi sono convinto di no.

È qualcosa di peggio. Ed è peggio anche per noi. Non hanno sguardo perché sono già sconfitti da una pena smisurata e senza prospettive di redenzione.

Non sanno stare soli, e non sono mai veramente assieme a qualcuno. Tutti insieme non riescono già più a sopportare di stare soli, a trovare da qualche parte nella vita la forza e il desiderio di essere e diventare persone.

Per sé stessi, per gli altri. Inetti a vivere, ecco cosa sono.

Certo, si dirò, colpa nostra, colpa loro, la società e tutto il resto di ragioni e di esperti del corteo socio-antropologico; i fatti sono quelli, e la vita pure.

Poche cose contano in un paese impaludato nel suo infernuccio di noia e violenze nascoste come Maida. Uno di questi è la Chiesa.

Cosa fanno i bravi preti di santa romana chiesa di questi paesi? Non ci pensano più a catechizzare contro il demonio della droga? Come si pigliano cura delle anime tormentate dei loro parrocchiani?

Come combattono i politici corrotti?

Ma non è solo colpa dei preti, che fanno quello che possono.

Cosa fanno i partiti di sinistra (esistono ancora?), la scuola, i sindacati, i cosiddetti borghesi, le associazioni (che non associano)?

Riprendersi Maida è un compito che tocca, però, a tutti i maidesi.

I problemi veri di Maida e della sua reputazione, che sta toccando i minimi storici, non si possono risolvere con un colpo d'immagine. O ce li risolviamo noi o non ce li risolve nessuno.

Se ci affidiamo alla comunicazione e al marketing restiamo fuori dalla misura della realtà e, se ci consegniamo all'immagine, ci rassegniamo a un'autenticità al ribasso.

Per riabilitare Maida ci vogliono progetti e iniziative più seri, come quelle che la Pro Loco ha organizzato negli anni ottanta del millennio trascorso.

La Pro Loco, che è venuta dopo di me, non si è neppure accorta dell'indiscriminata installazione degli «Aerogeneratori»; si chiamano così per la tecnica e la burocrazia.

Me ne sono già occupato e ne ho denunziato lo scempio.
Ripeto: i mulini a vento girano bene, ma le pale non sempre mulinano. Molte restano ferme; così le noto dal mio appezzamento di terra denominato "Piano delle donne".

La corsa all'oro dei mulini a vento può distruggere del tutto quel poco che resta di uno tra i paesaggi più belli di quello che fu il "Feudo di Maida".

Da anni ci riempiamo la bocca di questo benedetto "Feudo" e non facciamo nulla per salvaguardare ciò che rimane della sua bellezza paesaggistica.

Nessuno sa ciò che recita la lettera D della "finalità" della Pro Loco.
Nessuno protesta. Nessuno fiata. Nessuno parla. Nessuna Associazione (a Maida c'è una inflazione) organizza uno sciopero (sto bestemmiando?).

L'affare è nelle mani di nuovi improvvisati magnati del vento e del solito sottogoverno politico-mafioso che da noi fa il bello e il cattivo tempo.

Mi chiedo poi a che serve l'eolico in una regione senza industrie e che di energia ne ha già da vendere.

Gli impianti eolici sono diventati un affare. Che attrae grandi aziende internazionali, ma anche la criminalità che controlla i territori.

Ecco perché l'Italia viene descritta, nei report delle banche d'affari di tutto il mondo, come la nuova frontiera, l'isola del tesoro, il paese dei mulini a vento, di cuccagna.

Le chiavi di questo forziere sono in mano alla politica che ha partorito un sistema sconcio: gli impianti nascono in posti inadatti, in aree di interesse ambientale, vicino ai centri abitati.

Così il comprensorio di Maida diventerà tutto un mostro eolico. Praticamente una foresta di turbine e mulini a vento sparpagliati ovunque, secondo calcoli e convenienza tutt'altro che sostituibili per l'ambiente e per la gente. Il vento dell'angelo sterminatore presto pianterà sul suolo calabro un terzo degli «aerogeneratori» installati in tutta Italia.

Sono i nuovi campi elisi, ma di una terra che ha perso un'altra beatitudine.

Quella attuale non è più la «mia Maida».

Quella attuale è una Maida alla quale pochi vogliono bene: nessuno lavora per il suo progresso. O, meglio, per una inversione di tendenza.

È il tempo delle "carnevalate" (come ricordo in tanti lavori) che tentano di coprire un triste fenomeno: il declino di Maida, silenzioso ed inarrestabile.

Sarebbe venuto giù il diluvio, se parole come queste le avesse scritte «uno del nord»: il diluvio. Ma proprio perché sono calabrese, posso permettermi di dire cose scomodissime.

La «pace sociale» certe volte è un sistema di equilibri intelligente e paralizzante, avvolge tutto, rassicura, coccola il consenso, si serve della politica e dei politici.

«Mi fu sempre più difficile spiegare che cos'è la mia regione» - scrisse Corrado Alvaro nel lontano 1925 -. Non riusciva più a riconoscere la terra in cui era nato e che amava in modo disperato come si può amare una donna che ti ha tradito, lasciandoti stordito e pazzo di dolore.

Non era più la "sua" Calabria.

In questo quadro possono aumentare lo sconforto, il desiderio di allontanarsi dalla società, l'amarezza che può spingere l'uomo a rifugiarsi nell'isolamento che amplifica la solitudine, con il rischio di perdere la contentezza e la gioia di vivere.

Non mi riesce difficile, quindi comprendere che Maida rischia di spegnersi lentamente.

E mi rendo conto che, per riabilitare Maida, occorre un'inversione di tendenza: non appiattirsi nell'indifferenza, ma, avere maggiore attenzione verso la difesa, la conservazione, la tutela, la fruizione e, ancor prima, il restauro dei nostri beni culturali.

Non solo. Occorrono iniziative serie, durature, concrete (quindi niente sagre, festivals, premi di ogni genere): le sole in grado di favorire la crescita della società. Iniziative che solo un'associazione seria può portare avanti. Quindi un'associazione che non abbia i soliti connotati di feste paesane, di dubbio valore culturale e, quindi, poco idonee per far progredire Maida.

Sarà stata una deformazione professionale, ma ho pensato che l'unica iniziativa seria poteva essere investire in cultura, altrimenti Maida sarebbe affondata.

Cosa fare, dunque?

Dopo tentennamenti e riflessioni, la decisione: ri-fondare una Pro Loco con la ferma volontà di coinvolgere Vena, la quale, nel tempo, è stata emarginata, ma anche perché "...Le famiglie che si erano trasferite a Maida da poco tempo risultano Brescia e Colistra, di origine albanese..."

Come erano concepite le Pro Loco non incontravano il mio favore, perché intese, specialmente nel sud, come ultimo vagone del carrozzone del sottogoverno democristiano.

Non esisteva - purtroppo - altra strada per ottenere risorse finanziarie e tentare di cominciare ad affrontare le tematiche culturali, verso le quali non si era né predisposti né preparati.

L'idea di un'associazione culturale mi era balenata all'indomani dell'istituzione del Ministero per i Beni Culturali e Ambientali - fortemente voluto dal Presidente Spadolini, sostenuto dalla politica culturale del Pci, che aveva creato in Emilia organismi pionieristici - quando dirigevo la Biblioteca della Soprintendenza ai Monumenti della Lombardia.

Così, al rientro in Calabria, nacque la Pro Loco che i più non sapevano cosa fosse.

Dopo un anno di rodaggio la Pro Loco è partita e, come si usa dire oggi, è partita "alla grande".

Come si evince dalle foto del mio ultimo lavoro che, d'intesa con il signor Sindaco, sarà presentato in autunno, si sono organizzati anche eventi culturali che hanno coinvolto gli archivi di Stato d'Italia.

Una Pro Loco, quella di Maida, "la più importante della Calabria": sono le parole dell'Assessore regionale al Turismo Guido Laganà, cognato dell'On. Franco Fortugno, ucciso dalla 'ndrangheta, al quale ho dedicato il libro: "La cultura cardine dello sviluppo del Mezzogiorno". Mentre l'Assessore regionale alla Cultura Rosario Olivo, durante i nostri incontri ripeteva che "La Pro Loco di Maida è di grosso spessore culturale che riesce ad insegnarci qualcosa". Anche il Presidente della Provincia, Leopoldo Chieffallo, era della stessa idea.

E il Comune di Maida?

Zitto e muto, perché l'Associazione aveva scelto la strada dell'autonomia, stava lontano dal potente di turno, mentre oggi si paga per essere servi.

La Pro Loco, con le sue iniziative originali, fu la meta preferita di esponenti istituzionali e religiosi, dirigenti del "mio" Ministero, rettori e docenti universitari, operatori turistici e politici come l'On. Mario Tassone che vedo con piacere anche questa sera.

L'impegno scientifico delle iniziative era notevole, stemperato dalle pause conviviali presso il ristorante Nausicaa, rese piacevoli dall'ironia dello storico Gustavo Valente.

In quegli anni, dunque, Maida fu oggetto di studi da parte di accademici che, grazie alla disponibilità dell'avv. Giuseppe Fabiani, hanno scartato anche nell'archivio Romeo.

Dopo sedici anni, il mio rapporto con la Pro Loco, si interruppe e Maida riprese a sprofondare.

Noto, con rammarico, che le devastazioni non accennano a diminuire. La svendita delle nostre bellezze che stravolge vincoli, scavalca tutele e minaccia il patrimonio culturale, sembra veramente non conoscere sosta, per la gioia degli affaristi e dei "mazzettisti" che avevo fermato.

Dopo la "presidenza Colistra" si è preferito chiudere gli occhi di fronte alla ripresa degli scempi. E gli studiosi? E gli storici? Tutti zitti e muti perché timorosi di ostacolare chi remava contro il nostro patrimonio culturale. Si è capito subito che non si era sostenuti dall'amore per Maida, ma spinti solo dal desiderio di ritagliarsi un po' di notorietà, che è durata fino a quando si è potuto lavorare su quello che avevo lasciato.

Quando un uomo crea qualche organismo, per fare avanzare il proprio paese sulla strada del progresso, egli non può immaginare a quali prove verrà immancabilmente sottoposto. Di come dovrà imparare a dominare la voglia di indietreggiare davanti alle critiche gratuite e immeritate. Di come dovrà imparare a non tenere conto dei sogghigni e dei sarcasmi dettati da ignoranza e mala fede.

La mia, assieme a quella di tanti amici, fu un'azione coraggiosa specie se rapportata ai tempi, perché sorretta dall'intuizione e dalla determinazione di lavorare per il progresso, lo sviluppo e la forza di addebitare ad una certa classe politica d'essere stata la causa principale dello scadimento culturale e delle divisioni profonde che favorirono il declino di Maida.

La politica - è vero - è qualcosa di arduo: non bisogna scandalizzarsi troppo di fronte alle sue lacune. Ma deve essere anche coraggio, impegno, intelligenza propositiva, sguardo lungimirante, voglia di lavorare per il bene collettivo.

Però, il degrado sembra essere un processo in corso: nulla sembra capace di contenerlo.

Avverto che per i giovani il futuro sarà incerto. La loro esistenza sarà diversa, sarà peggiore da quella vissuta dai loro padri.

Perciò era necessaria un'azione di spietato monitoraggio sulle cose che non andavano, come la mancata attenzione verso il nostro patrimonio culturale - il più importante del comprensorio - oggetto di aggressioni selvagge, tra il disinteresse generale, anche di chi doveva vigilare, ed ha preferito "non disturbare il manovratore".

Dopo decenni di silenzio, colgo l'occasione che mi si offre per accennare un fatto.

Eccolo: la Pro Loco aveva realizzato un lavoro con minuziosa documentazione, d'intesa con istituti culturali britannici, con gli archivi di Stato di Napoli e di Catanzaro (del quale ero vice direttore) e con il prof. Renato Grispo, Direttore Generale dell'Ufficio Centrale per i Beni Archivistici di cui conservo lo scambio epistolare.

Il libro su quegli studi sulla Battaglia di Maida è poi uscito «postumo» e apografo. A me sono rimaste le bozze e la documentazione, che conservo ad ogni buon fine dimostrativo.

Da decenni, ormai, affermo che la cultura può battere la 'ndrangheta, che è nemica dei beni culturali.

Un ruolo decisivo lo possono svolgere le Pro Loco.

Questo è l'invito che mi sento di fare all'Associazione e alla sua Presidente, dott.ssa Maria Teresa Cinque, che mi rimanda a suo padre Vincenzo, mio amico, compagno di scuola, valido architetto, che ha collaborato con mio padre che dirigeva la fabbrica di ebanisteria "F.lli Colistra"; cito la fabbrica Colistra solo per ricordare l'irripetibile tradizione artigianale maidese: il più ricco dei maestri era Antonio Palermo, con un reddito di 107 once, proprietario di una rinomata «forgia», la carpenteria degli Araco, creata prima del 1700, la calzoleria di Nicola Barone, la sartoria di

Tommaso Barone ed ancora Crispino Piacente, tessitore; Paolo Limardi, ricamatore.

Non mancavano muratori, carpentieri, scalpellini, falegnami, fabbri, orologiai, barbieri, sarti, calzolai, tessitrici, ecc.

Inizialmente, non è stato tutto facile perché l'Associazione era stata concepita e portata avanti non solo per ragioni legate al restauro dei nostri beni culturali, ma anche per essere presente nel nostro tessuto sociale lacerato da tristi fenomeni come la droga.

Anche da Presidente della Pro Loco ho attivato tutte le procedure per salvare il nostro patrimonio culturale, in gara con la mania distruttrice dell'uomo, che in vari terremoti avevano risparmiato.

Così furono salvati palazzi nobiliari e le chiese più importanti di Maida che, stante la confidenza fattami dal Soprintendente Gaetano Zamboni, con il quale avevamo lavorato insieme a Milano, erano fatiscenti: la volta della chiesa di Santa Maria Cattolica, ad esempio, era realizzata da canne e calce.

Così, forse, si è evitato il dramma di Notre-Dame. Le immagini della sua agonia rimarranno scolpite nella memoria collettiva mondiale, come quelle delle Torri Gemelle a New York diciotto anni fa.

Ma torniamo alle vicende di casa nostra per ricordare un autentico, un vero maidese che mi fu vicino quando fondai la Pro Loco che si esaltava, che gioiva quando si celebravano i grandi eventi, che plaudiva la mia azione intesa a bloccare la svendita e il degrado delle nostre bellezze che scavalca tutele e stravolge vincoli.

Parlo chiaramente del parroco don Gregorio Cinque il quale, come scrivo in "Sogni giovanili, esperienze, ricordi", era instancabile nel ricordarmi quando andavo in missione a Roma per sollecitare il Vice Direttore Generale Sante Serangeli (che avemmo come ospite a

Maida) e quando andavo in missione a Cosenza, di sensibilizzare i vari soprintendenti, per le pratiche relative al restauro delle sue chiese verso le quali aveva un amore grande: erano il sogno della sua vita.

Il lavoro, caratterizzato da fermenti culturali fu paziente, lungo e difficile perché, a volte, si ha un certo timore, forse diffidenza, del nuovo che inesorabilmente avanza.

Gli ostacoli mi hanno lasciato del tutto indifferente. Il mio impegno culturale non è stato facile, ripeto. Ma non vano perché ha spinto Maida ad andare avanti.

Varrebbe la pena rifarlo.

Auguri Pro Loco per altri 40 anni!

Maida, 27 aprile 2019

Questa pubblicazione,
a causa di inconvenienti tecnici,
esce con notevole ritardo.

Mi scuso con i possibili lettori.